Robert Munsch

BOLA DE MUGRE

Ilustrado por Dušan Petričić

traducido por José M. López

annick press
toronto + berkeley

We acknowledge the support of the Canada Council for the Arts, the Ontario Arts Council, and the participation of the Government of Canada/la participation du gouvernement du Canada for our publishing activities.

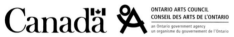

Cataloging in Publication

Munsch, Robert N., 1945-
[Mud puddle. Spanish]
     Bola de mugre / Robert Munsch ; ilustrado por Dušan Petričić.

Translation of: Mud puddle.
ISBN 978-1-55451-927-9 (paperback)

     I. Petričić, Dušan, illustrator II. Lopéz, José M. (José Manuel), 1947-, translator III. Title. IV. Title: Mud puddle. Spanish.

PS8576.U575M8418 2017   jC813'.54   C2016-906997-4

Publicado en U.S.A. por Annick Press (U.S.) Ltd.
Distribuido en Canada por University of Toronto Press.
Distribuido en U.S.A. por Publishers Group West.

Printed in China.

Visítenos en: www.annickpress.com
Visite aRobert Munsch en: www.robertmunsch.com

También disponible como e-book. Para más información, visítenos en www.annickpress.com/ebooks
Or scan

La madre de Jule Ann le compró ropa nueva y limpia. Jule Ann se puso una blusa nueva y limpia, y se la abotonó hasta el cuello. Se puso un pantalón nuevo y limpio, y se lo abotonó hasta arriba.

Luego salió y se sentó debajo de un manzano.

Desafortunadamente, escondida
en lo alto del manzano, estaba
Bola de Mugre. En cuanto vio a
Jule Ann sentarse allí, saltó
directamente sobre su cabeza.

Ella quedó completamente enfangada.
Hasta sus orejas estaban llenas de mugre.

Jule Ann corrió hacia la casa gritando:
—¡Mami, mami! Una bola de mugre me cayó encima.

Su madre la cargó, le quitó toda su ropa y la
metió en una bañera con agua.

Restregó a Jule Ann hasta dejarla completamente roja.

Le lavó sus orejas.
Le lavó sus ojos.
Y hasta le lavó su boca.

Jule Ann se puso otra blusa nueva y limpia, y se la abotonó hasta el cuello. Se puso otro pantalón nuevo y limpio, y se lo abotonó hasta arriba. Luego miró hacia afuera por la puerta de atrás.

Como no vio a Bola de Mugre por ningún lado, salió y se sentó en su caja de arena.

La caja de arena estaba al
lado de la casa, y escondida
sobre el techo de la casa
estaba Bola de Mugre.

En cuanto vio a Jule Ann sentarse allí, saltó directamente sobre su cabeza. Ella quedó completamente enfangada. Hasta su nariz estaba llena de mugre.

Jule Ann corrió hacia la casa gritando:
—**¡Mami, mami! Una bola de mugre me cayó encima.**

La madre de Jule Ann la cargó, le quitó toda su ropa y la metió en una bañera con agua.

Restregó a Jule Ann hasta dejarla completamente roja.

Le lavó sus orejas.
Le lavó sus ojos.
Le lavó su boca.
Y hasta le lavó su nariz.

Jule Ann se puso otra blusa nueva y limpia, y se la abotonó hasta el cuello. Se puso otro pantalón nuevo y limpio, y se lo abotonó hasta arriba. Luego tuvo una idea. Se estiró hasta el fondo del clóset y sacó un impermeable amarillo. Se lo puso y salió afuera.

No vio a Bola de Mugre
por ningún lado, entonces
gritó:
—¡Oye, Bola de Mugre!

No ocurrió nada, entonces gritó más alto:
—¡Oye, Bola de Mugre!

Jule Ann estaba bajo el sol con su impermeable y sentía mucho calor. No soportó más y se echó la capucha hacia atrás. No ocurrió nada. Entonces se quitó el impermeable.

Tan pronto como ella se quitó
el impermeable, de atrás de la
casita del perro salió Bola de
Mugre. Corrió sobre la hierba
y saltó directamente sobre la
cabeza de Jule Ann. Ella quedó
completamente enfangada.

Jule Ann corrió hacia la casa
gritando:
—¡Mami, mami! Una bola
de mugre me cayó encima.

Su madre la cargó, le quitó toda su ropa y la
metió en una bañera llena de agua.

Restregó a Jule Ann hasta dejarla completamente roja.

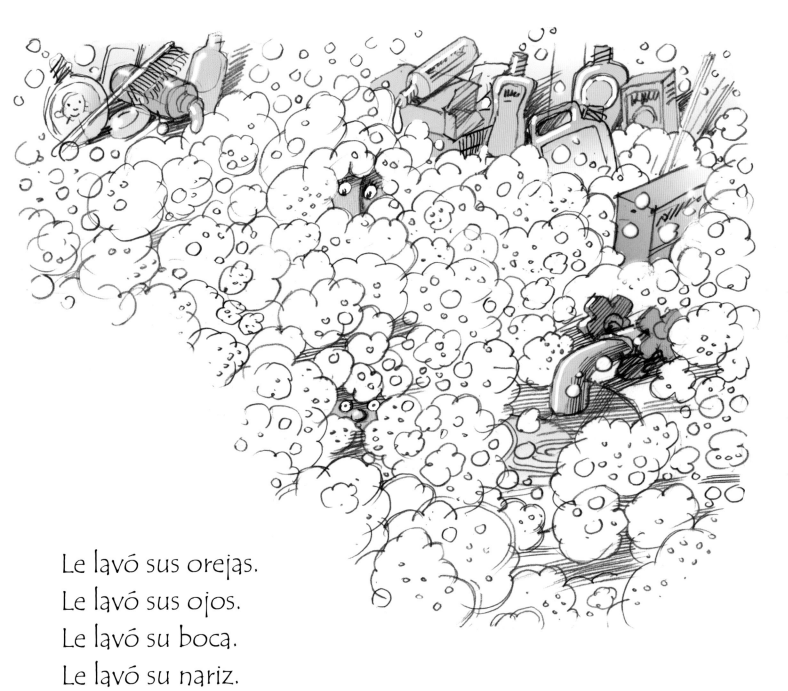

Le lavó sus orejas.
Le lavó sus ojos.
Le lavó su boca.
Le lavó su nariz.
Y hasta le lavó su ombligo.

Jule Ann se puso otra blusa nueva y
limpia, y se la abotonó hasta el cuello.
Se puso otro pantalón nuevo y limpio,
y se lo abotonó hasta arriba.

Luego se sentó al lado de la puerta trasera porque tenía miedo de salir de la casa.

Luego tuvo una idea.

Se estiró hasta el lavamanos y tomó
un apestoso jabón amarillo. Lo olió
un poquito: "¡Ay, qué asco!". Tomó
otro apestoso jabón amarillo y lo
olió un poquito: "¡Ay, qué asco!". Se
puso los apestosos jabones amarillos
en los bolsillos de su pantalón.

Corrió afuera y en el centro del patio, gritó:

—¡Oye, Bola de Mugre!

Bola de Mugre saltó la cerca y corrió
directamente hacia ella.

Jule Ann lanzó un jabón directamente hacia el
centro de Bola de Mugre. Bola de Mugre se detuvo.

Jule Ann lanzó el otro jabón directamente dentro de Bola de Mugre. Bola
de Mugre dijo: —¡Ay, qué asco, puaj!

Salió corriendo sobre la hierba,
saltó la cerca y nunca más regresó.

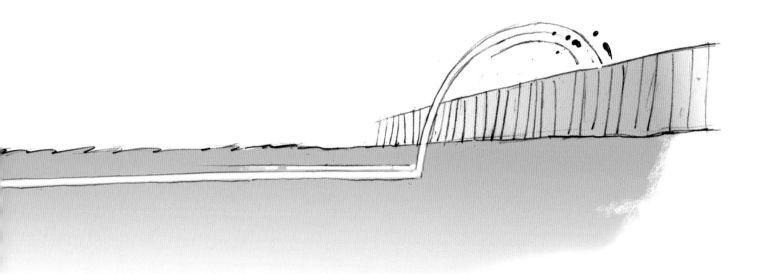

Libros de la serie Munsch for Kids son:

Muchos de estos libros están disponibles en francés y/o en español.
Por favor contacte a su distribuidor favorito.